VERSOS
EN CAÍDA LIBRE

José Manuel Carmona Rosales

VERSOS EN CAÍDA LIBRE
© del texto: **José Manuel Carmona Rosales**
Primera edición: septiembre 2023
ISBN: 979-88-635-72-413
Maquetación: Marca Inteligente
Diseño de portada: Javi Ramos

"He aquí las fermosas hazañas del Caballero de Pajiza Figura, vetusta lambre-ta, canis simpaticus, celular en astillero, animas jacundis y pedete lúcido, que fue el insigne escribiente del temple. Dicho sea".

El marqués de Ácula,
Conde del Sonotone y señor de Sordería.
Annus del Señor MMXXIII.

PRÓLOGO

Respirar como quien se ahoga, salir a flote una y otra vez en un no acabar, a respirar venciendo la carga con que la naturaleza lastró tu cuerpo entero, incluida la mente, sobre todo la mente, la voluntad y también la percepción de los demás hacia ti.

Josema es el superviviente de un inhumano naufragio; injusto, si dios existe.

Respiró a través de sus branquias de poeta creador, palpando en las tinieblas, a golpe de voluntad y quién sabe con qué otra poderosa fuerza, ha expresado con su palabra las imágenes inabarcables que este libro contiene.

Vibra quien lo lee. Provoca en el lector lugares comunes sorpresivos, insospechados. El autor tiene un tacto especial para encontrar la palabra clave que dibuja con nitidez el contorno de conceptos complejos. Es un mago que materializa lo intangible le da forma y transforma las palabras en imágenes.

Ataúlfo Carmona Ortiz

VERSOS EN CAÍDA LIBRE

En mi desesperanza suelo quedarme solo,
cargando las tintas y disparando palabras,
más a medida que me quedo sin balas,
me acorrala un sentimiento frío,
para el que no existe antídoto conocido.
En mi desesperanza suelo quedarme solo,
deseando que me salgan las palabras,
por la áspera garganta.
en mi desesperanza suelo quedarme solo,
a la espera de los peros que valgan.

He vuelto a las andadas sin prisa, pero sin causa...
Por lo que valga del dicho al hecho, y a lo hecho pecho.

El amor ha roto los moldes de una noche de verano,
como un veneno en su puesta de largo...
...palpita dando que hacer entre abrazos de corazón,
a todos los amantes que se atreven a probarlo,
cada vez más despacio,
desarraigando los miedos espontáneos,
de sus efectos secundarios.

Para mi áspera inconciencia quedan grabados, sobre lengua de arena,
palabras de **antropoeta**, para mi sedienta boca quedan los desiertos,
de tus besos al pie de la letra,
para mis superchiriperropitopausicosespialidosos huesos quedan marcados,
con zapatos de tacón, las coces de tu corazón.

Al infierno de cada día al día, al que bajo echando chispas,
hoy sí, mañana también.

Voy a tirarme solo al monte a que me coma el lupus,
iré con el caminar entrecortado dando patadas a las piedras,

No, no sería ni la primera, ni la penúltima vez,
que nos salimos con la tuya, con la mía
mas déjame poder decir qué mal, pero qué mal…
sabes mentir, y qué bien, pero qué bien… sabes besar,
mas déjame poder decir que no quiero amor por esta vez,
tan sólo poder olvidar,
pues desde que vivo en la cara oculta de la Luna,
a solas con mi locura y en contracorriente de lo que se piense…
la gente corriente,
intenté salvar los muebles que, en realidad,
estresan más de lo que tienen, pues ninguna de las partes,
interesadas en este teje maneje, ni sienten, ni padecen…
porque se dividan panes o peces.

Delinco por amor al arte por el arte,
e insisto con ahínco en las causas del delito,
y ahora si sus señorías lo desean
me pongo la venda, y jugamos a la gallinita ciega.

Nada nuevo bajo el sol para este desertor del arado,
picado de verse metido en todo el ajo,
bajo un cielo que no guarda ni entuerto, ni enojo,
ni cerrojo que guarde la simiente de lo que siembro o recojo,
y en el que no hay más tesoro que tus ojos...
cuando nos volvemos un poco locos.

Para coger la receta de esta dulce tortura,
no hay nada como dejarse llevar, hasta la amarga locura.

Desde que decidiste no saber qué hacer con lo nuestro,
sin nada puesto, ni nada que ocultar,
en puro estado de pecado mortal.

Y si tengo que volver a tropezar, llegaré hasta donde tenga que llegar,
ya no hay marcha atrás,
pero si quieres volver la cara verás, verás que no queda nada,
que las palabras son una encrucijada, a manera de crucigrama,
y que una cierta manera de pensar, no vale de hoy para mañana.

Con una resaca insana del carajo,
ya tengo motivos para dar asco por el asco;
y bajar al bar de abajo a dar el coñazo otro rato...
más, aunque me ponga de aquella manera que te de pena, no,
ya no quiero tu condena, prefiero ser la sombra de mí mismo,
y sueño que sueño con Hadas demacradas, que regresan tarde a casa.

Este sentimiento de hijo de vecino... refugiado a pie de tranquillo que tú,
tú te llevas de calle pisando fuerte.

Cuando gritó que por favor hiciera con ella lo que quisiera;
yo aún no estaba preparado para tales ataques de sinceridad...
...por cuenta ajena, y así por que sí,
Así que apuré hasta el último trago, de un solo tiro largo,
y cuando gritó que por favor la tomase y amase a mi capricho,
yo aún no estaba preparado para decir que no,
así porque sí, así que apuré hasta el último sueño antes de abrazar,
todo lo que siento sin miedos.

Quise cruzar los desiertos de la soledad con el agua al cuello,
riendo por no llorar y ahora que el sol más aprieta...
he decidido no llegar a ningún lugar distinto de los demás,
ni por casualidad,
pues al son del fuego fatuo bailan alacranes de púa mortal.

Poesía enhebrada, cosida... a puntadas y dedal,
para que te la pruebes,
y si te gusta te la lleves puesta,
al próximo baile de flores en carnaval.

La flor de la locura se embriaga por rutina,
de los manantiales del pecado...
luego se deja querer sin más preámbulos
y grita en un rincón de viva voz todo su color.

Mi amor no perdurará mucho, por mucho que tu...
lo quieras hacer perdurable,
pues este corazón es indomable como un perro,
que guarda a pie de calle lobos con piel de cordero

Presa de una alimaña de monte, en mitad de la piel de la noche,
el veneno de tu silencio es mi muerte más segura...
agonizando entre las fauces que lamían, la mano que sin pulso escribía.

Me pica, que me pica... me pone, que me pone...
estos sudores se los debo a la primavera de mis amores.

¿No tengo emociones, a quién voy a engañar?
y el día a día de usar y tirar,
que me quede sin valores tampoco voy a pelear,
si para empezar yo no tengo maldad para hacer el mal,
ni pretendo ser más que los demás,
en un mundo banal de cicatrices aun por curar,
no, ni siquiera lo voy a intentar,
no seré yo quien mal gaste sus fuerzas, con quién no me deje jugar
por jugar... y aquí lo de ya.

La luna se asoma con la poca vergüenza que da tenerlo todo corrido,
sin salirse de su sitio... venga a rascarse el ombligo,
con tanto sacrificio ofrecido por sus servicios,
vicios que al fin y al cabo que hacen tenerlo todo pardo.

La primavera es un zumbido de abeja en la oreja,
que te pone la miel en los labios,
sacándole jugo a los años,
a fuerza de clavar aguijones de juventud.

Como una flor que se esconde de todas las demás en un jarrón,
por miedo a parecerse al amor que en primavera...
por obra y arte de la natura,
te seduce y deja sin aliento para que no, no te sientas solo de solemnidad.

Para cuando mi lengua rota ha probado el veneno, de tu mordedura loca,
ya no hay peros a pedir de boca,
ni yo voy a contar mentiras para ir despacio en el espacio,
en el que me las veo y deseo, no es para menos, ni tan pocos, ir tirando,
voy pensando mientras ando.

Aunque mi estado emocional no se sostenga,
ni por activa, ni por pasiva...
ni porque sí, ni porque no...
por poco, o mucho que creas, o dejes de creer,
por mucho, o poco que pienses, o dejes de pensar;
cambia de amores, pero no de corazón,
por lo que más quieras.

Cuando la profesión no va por dentro, y el oficio sin beneficio,
en la oferta y en la demanda, quedan proscritos por ley;
y la razón se echa las manos a la cabeza,
aunque le duela la rodilla...

Para encontrar el amor hay que dar tres vueltas,
contar hasta diez con los ojos cerrados,
pero si lo encuentras sopesa quedarte prendado...
pronunciando su nombre,
soñando el que nadie, nadie te lo robe,
hasta que las Hadas pongan el broche,
al inconsciente juego de ciegos en vida.

En el jardín de la loca melancolía... al abrigo de un tiempo ya vivido,
ha nacido una rosa bonita, que aguanta bien el tipo;
y sin tenérselo tan creído... sus espinas en luna creciente,
la hacen una inconsciente, sin llegar a torcerse,
todos la quieren...
y abriendo de par en par su corazón, a la primavera,
se despoja del traje...
que la quiere componer la gente, con un sutil golpe de caderas,
para que pases y disfrutes, a cada momento...
que valga la ocasión un beso.

Este gato callejero pasa tres pueblos del mundo entero, y dicen... dicen...
"Anda cierra la puerta y pasa para dentro,
que nos pierdes queriéndote como se te quiere,
aunque tu parezcas harto de sentir arrebatos,
que te pierden con tal de ver la verdad,
sin ser otra de la que hay".

Si por un amor que se haga querer soy capaz de trepar por la pared,
hasta el tejado, como alma poseída por diablo,
arrieros somos; y a salto de mata regalarte una flor prohibida,
por el único delito de crecer hermosa entre tanto pincho y pincho.

Hay cosas que no se aprenden solas, otras ni con escuadra ni cartabón,
pero todas bailan al compás, de darle rueda al corazón.

Más vale solo al borde del vaso que me hace feliz, que embriagado de ti;
y para colmo de males dejaré que tu antes dispares,
pero si tú me quieres decir que sí, ven justo aquí,
yo te dejaré ir hasta el fin del fin.

Solo por sembrar tesoros en mi corazón a flor de piel,
no vas a recolectar reina, las mieles de las nieves;
que en tu pensamiento se condensan en tinajas, de néctar de abeja...
por la misma regla de tres,
por la que no existe cielo sin infierno,
ni más tiempo que el vivido a cada momento;
y en el que hemos tenido que echarnos de menos,
un poco más de lo que queremos.

Que no, que no, que tú nunca me has querido, siempre preferiste a otro,
que venirte conmigo, por eso ahora yo te digo:
coge la puerta y vete, vete por donde has venido.

Este loco corazón atado de pies y manos,
bebe a sorbos un poco de su propia medicina,
sin quitarle un trozo de lo uno por lo otro,
al veneno que te deja boquiabierto... sin aliento en un solo verbo,
que marca el paso de los recuerdos,
latiendo contra reloj de todos los tiempos.

La hoja en blanco es una nube que se precipita en toda su tinta...
sobre el verso y que a besos el tiempo limó,
que por mucho que quiera parecerme poco a poco,
a todo lo que hubiera imaginado...
más vale golondrina en mano a mil sueños enredados,
entre anzuelos de veranos y venenos enredados.

La luna se ha asilvestrado por completo, poniendo el grito en el cielo,
hace un gesto de carne y hueso... que pone el bello de punta,
aunque tengas los pies de barro, y el corazón en el desierto,
mientras que yo sueño con Hadas madrinas,
que a las doce y una lo convierten todo, en una aventura...

Mi cielo no guarda ni entuerto, ni enojo...
ni cerrojo que guarde la simiente,
de lo que siembro o recojo,
mi tesoro son tus ojos cada vez... cada vez que nos volvemos locos,
pues quisiera levantar la luna a pulso, y dejarla caer a tus pies.

Tu piel me sabe a pura miel de abeja,
tus caderas me saben a néctar de venenosas consecuencias,
tus besos me saben a fuego eterno,
y tus ojos de tigresa me dejan de una sola pieza para la cena.

Yo que pensaba que las mentes privilegiadas sabían de lo que hablaban,
y que pensaba que los desiertos comienzan
donde se acaban las vanas esperanzas.

Se columpian en este corazón de infarto "e incorpore sano",
un montón de ayunas, a las que un día no lejano,
pusieron entre la espada y la pared.

La poesía es una bomba de relojería,
que puede estallarte en las manos, arrancándote besos de corazón,
por el mero hecho de la improvisación.

Me he quedado a cuadros para enmarcar y regalar,
y al borrón y cuenta nueva de cada día al día...
le van saliendo cóncavas y convexas misantropías,
que para mí cuerpecito quedan sin más vanagloria,
que la patria chica querida.

Soy adepto/ adicto a la muerte
pues en mi desesperación... todo se me vuelven pulgas,
de agárrate y no te columpies, que vienen curvas sinuosas,
que lo que engancha no engorda; y para mis perros huesos quedan,
para irme haciendo al cuerpo... las pulgas de tus escuálidos besos,
que, sin dejar de morder tampoco, tampoco dejan de hacerse querer.

Me he quedado frío con el rocío, de tus besos indecisos;
y he perdido el poderío, en el fondo del río.

El agua se quebraba en el eco de la montaña,
y una inundación de estrellas,
nos sacaba de la cama para ver la luna moruna...
...como baila.

Para escribir cosas bonitas de buena tinta, no...
no hay que morderse la lengua,
pero hay que trabajar en cocinas, a darle gusto a la vida,
dándole la vuelta a la tortilla.

Trapecista de los silencios sepulcrales, que,
en la soledad de la cuerda floja,
se tensan dando lugar a un montón de emociones...
que pueden perderse en los vacíos,
de un suspiro ínfimo, sin más bajas pasiones.
Me arrincona lo que siento cuando por dentro, no corre nada;
o me veo en el vértigo del péndulo,
por las mismas razones de las que carezco,
y prefiero no hablarlo sino gritarlo.

Quemando leño, a leño; voy aplacando el invierno... cerrada la puerta,
para no dejar escapar, a la gata en celo.

Si creo venir del molino a tientas y a locas;
algo que a cualquiera podría avernos pasado,
y sin embargo no estoy de vuelta, ni sufro por el agua pasada,
comparte conmigo esta soledad de copa vacía,
comparte con este demonio de capa caída,
su triste melancolía, sus idas y venidas...
de las turbias tinieblas a escondidas.
Me he sacado el demonio del cuerpo, el graduado escolar a destiempo;
y me he visto igual de joven que de viejo...
...ante un espejo, y he echado el resto,
sin divisor y mucho menos dividendo,
por la misma regla de tres que le busco,
cuatro patas a las gatas en celo.

Con la risa tonta que te entra, no creas que no se te nota,
que eres muy, muy lista.
Por ti, solo en mi silencio,
si me sincero, ¿qué voy a decir? si cojo lápiz y papel...
y comienzo a escribir, sin principio ni fin,
sin saber a ciencia cierta, que oirás de mí.

La lluvia moja tu pelo, y del cielo al infierno,
de lo blanco a lo negro... pierdo el aliento, queriendo demostrar,
que la quiero.

Aunque tropiece varias veces con este mundo, no lo dejaré para mañana,
y si no puedo dormir o me quiero morir, lo consulto con la almohada.

El atraco a mano armada,
al blindado de tu corazón,
hace saltar las alarmas, de las risas de tu cara.

La piel del poeta la pagan... incluso antes de cazarla,
porque cupido furtivo, o Diana camuflada no,
no disparan a un corazón de hiel, que solo se desangra.

Deja el que te proponga una coartada esta mañana,
abre la ventana y mira cómo se levanta...la ciudad desencantada
con la realidad; y que va saliendo al paso con un café.

Un duende se esconde en el corazón silvestre del bosque,
por donde el arco iris en el cielo, nunca se esconde.

Lacónica **melantropía**, melancólica melodía, un pecho desnudo...
de los pies a la razón.
Ando, troto y galopo como un lobo...
que ha visto al hombre tras de sí, solo espero que una ONG,
se apiade de mi pedigrí,
pues un aciago instinto de supervivencia, hizo lo que quiso de mí.

Nunca fui a pescar a ningún caladero,
porque la tierra ya me tragó en su momento,
a mí y mis sentimientos náufragos.

La soledad surge sola,
como un rebelde sin prisas...pero sin causa,
aunque con la legitimidad, de enamorar al prójimo,
sobre todas las cosas.
El rompeolas de todos los veranos, salpica espuma todo el año,
aunque en vez de chanclas lleves zapatos,
y un paraguas que hacía de sombrilla,
te proteja ahora de la lluvia,
bajo la que sembraste los espartos, en una noche de **manchos**.

Lo guapa que eres no te lo pierdas,
y pregúntate ante el espejo,
si Blanca Nieves se hace de hielo...
¿qué pinto yo en este cuento?

El miedo al ridículo no, no me quita el hipo,
y aún más yo lo flipo,
cuando tu conmigo y yo contigo,
sin etiquetas, ni vanos prejuicios...
nos dejamos arrastrar hacia el infinito,
como una desbandada, de alegres gorrioncillos.

No te pienses que ya no me pierdo,
hay cosas que uno no suele dejar de hacer...
como escribir cosas sin principio ni fin, sobre un papel.

El epicentro de mi depresión, hace que me tiemble la voz;
y que entre los cascotes del corazón...
no haya esperanzas para la salvación.

Vamos a hacer cosas por amor...
como dejar que nos roben a pie de calle,
y a punta de tacón el corazón.

La luna apunta maneras, al igual que una abeja,
que baila como un reloj de sol... en la colmena.
Tú hablas y no sabes ni lo que dices,
yo sin embargo dejo que los silencios hablen...
...por sí mismos.

Por culpita de una mujer morena,
estoy perdiendo el sueño, y cuando despierto...
más negra es aún mi pena,
que cuando se suelta el pelo; y ella sola se desmelena.

Sólo soy supersticioso a malos ratos.

Déjame que me desenrede de mi mundo de fantasías,
para realizar las tuyas propias,
sin dejar de jugar con la mirada, como niños colores rifan.

La noche pasada lo consultaba con la almohada,
y esta mañana me caía de la cama,
pues me preguntaba si la luna trasquilada, daría para otro verso o cosa,
que no fuera ni polvo, ni paja.

Para mí es un lujo perder detalle de lo bien buena que estás,
pero déjame prestar aún más atención,
hacia hasta lo que ahora no me había fijado,
y se me había pasado por alto,
ese corazón tuyo que va dando saltos.

Lo que ni dios quiso para sí,
lo creyó conveniente el diablo para mí;
y en mi propia ruina haciendo honor a la verdad,
como en ningún sitio que no ocupa lugar,
para que tú me puedas encontrar, sin que me tengas que buscar.

Mis amistades más insanas no comen manzanas,
que mente insana no mueve molino;
y más si estás pasado de rosca,
pues el síndrome de abstinencia y tu...
ya no sois el mismo ni en pinturas rupestres.

De hoja caduca eran tus besos,
y que de manera perenne yo buscaba, hasta que me fui por las ramas,
de otra primavera soñada, sin patria ni banderas.

Prefiero la verdad verdadera a mil mentiras, cualesquiera que sean,
pues para quererme como tú me quieres… yo ya tengo perro.

Desde que decidí que mi vida fuera un desastre,
no encuentro un sastre que me haga un traje
de pino.

Hasta que no me vi perdido, no abandoné a mis amigos,
ni renuncié a mis principios, pero todo fue distinto,
cuando me miré al ombligo, y vi que cada único individuo,
vive a su preciso ritmo.

La soledad es un fuera de juego en el amor,
que le da la espalda a la ansiedad;
y el tercero en discordia nunca,
nunca tendrá la razón, ni la última palabra.

La puerta se ha medio abierto, la puerta se ha medio cerrado,
y entre medias se ha colado, un duende inesperado.

En el paso de cebra el poeta te dio ánimo,
y probablemente nadie nunca estuvo tan cerca,
de tu corazón libertario cuando cambió el semáforo.

No me ando por las ramas, ya sé por qué y donde buscar,
otra cosa es que me vaya bien o mal, pues en las distancias cortas,
pero de tiros largos, nos vamos a matar.

Soportarme a mí mismo es un oficio sin beneficio, para el que ya
sabéis... me falta voluntad, y además se me da fatal,
hasta para poner la mano en el fuego, pues si o si, se me quemará.
Mira que te diga que ando metido... en harina de otra piedra de molino,
con su costal de agua pasada; y su Cervantes preso.

La gente construye sus falsos miedos, a costa de el de los demás,
que a la vez si son de verdad...
pues orgullosos son los miedos de la sociedad.

El mar ese lugar, donde se guardan las llaves... de los locos como yo,
que no tocamos fondo,
y perdemos la voz queriendo hacernos escuchar,
en lugar de ser uno más.

He tocado fondo, como cualquier otro del montón; y no,
no había nada...
ni dios, ni menglano al que besar la mano.

Me vino a rescatar de la soledad un abrazo,
al que había dado por perdido,
en el laberinto de la ansiedad.

Cuando me quedé sin saliva se me torció la voz,
al escuchar por tu boquita palabras distintas...ojo!!!
al dictada de la razón,
y al borrón y cuenta nueva de cada día, al día,
la rutina siempre la guarda una alegre sonrisa.

La asesina confesa de mis caderas movedizas,
ha dejado en entredicho el instinto aprensivo,
con el que jugaba a esconderme contigo,
en el mismo sitio donde aprendimos a ser niños.

Me estoy metiendo en caderas movedizas, tierra trágame!!!
Este verso libre...
sin pies, ni cabeza, y menos aún corazón,
que con toda su pasión aún por delante,
merezca la ocasión a esas horas,
en que las proposiciones deshonestas, suelen ser las más honestas...
y piso caderas movedizas, tierra trágame!!! este verso libre,
al que no necesita que le hagan justicia poética,
cuando me faltan el respeto las hadas madrinas, de nunca, nunca jamás.

¿¿Que hace que me de mí, y mi propia desgracia??
será que tengo gracia...
cuando me tratan de ningunear con burdas etiquetas,
que me llevo puestas.

Lo primero que me quisieron enseñar...es que no era muy listo,
pero yo ya sabía muy bien hacerme el tonto.

Intento pensar en mí mismo, pero recibo quejas de mis vecinos,
a los que hago caso omiso sin pedir permiso,
y el juez me encuentra la prueba del delito, y le digo,
ande señoría pruebe algo distinto.

El árbol crecía, se retorcía...buscando su propia vida,
en un rincón de la sierra,
que nadie conocía, hasta que un día, los pajarillos
se posaron en sus ramillas.

El pecado venial como premio de consolación de la soledad, joder!!!
está genial, para qué nos vamos a engañar.

Esta falta de ganas que me acompaña cada lunes por la mañana,
...para tirarme de la cama...
cuando los efectos secundarios del fin de semana,
todavía hacen mella en mi cabeza despeinada.

Qué más da que una vez perdida la guerra...
en mi retirada gane alguna batalla,
qué más da que al ir por manzanas...
los gusanos se hayan comido el corazón, qué más da
que me abandone...y dejar de ser yo.

El tornillo que se me perdió no lo echéis en falta, ya no lo necesito.

Ni por amor al arte, ni por arte de magia,
me salen conejos de la chistera.

Si tú tiras del hilo, yo enhebro la aguja; y si nos pinchamos,
es sólo nuestra la culpa.

Hoy estás más buena que ayer, pero menos que mañana;
y si algo se ha de salir, que se me salgan los ojos.

Romper el espejo de un puñetazo;
gritando en verso improperios,
que den que pensar al canalla y al galán.

Dame un abrazo que te apriete, que parece que estés...
a puntito de romperte.

Y se me hace raro que con la que ha caído, no nos haya partido un rayo,
pues hay más días que vergüenza que perder.

Mi mareante sentido del humor, puede que te cause pavor,
pero tu déjame morir sin ilusión, que yo querré ser mejor.

Yo no quiero cortarte las alas de mariposa...
quiero para ti otra cosa más primorosa,
como llevarte donde las flores se visten de rosa.

Me mola tu boquita pintada de roja, tus caderas de mariposa,
aleteando a deshoras;
y tu sonrisa que se vuelve loca, por cualquier cosa.

Y yo aquí sigo sin hilo, ni dedal, ni puntada que dar.
Y no sé si fue ésta o aquella vez que algo logré entender,
ya me conocéis, solo escribo canciones
donde represento emociones,
con negra tinta sobre blanco papel.

Si le pierdo el respeto a la vida, y ésta viene
a darme un beso a la hora de mi muerte,
no, no le busquéis ésta o aquella suerte,
son cosas que suelen sucederme;
y a veces no por casualidad.

El día después de ti fue una mala idea,
que se le ocurrió solo a alguien como tú.

Lo debería ya de saber, pero no sé qué es...
debe parecerme algo normal de ver;
y que voy o puedo hacer?
Si tan sólo me dejo convencer por la locura de la bravura,
por la magia con la que te haces querer.

Dime lo que me tengas que decir al oído;
y llora lo que tengas que llorar...
sobre mi hombro podrido, si eso te hace sentir mejor;
y si no yo me acordaré de ti
en un sin fin de palabras y lágrimas, aradas por la cara,
de las que el tiempo dirá.

En plenitud de mis enfermedades mentales
me peleo yo solo a disgusto de todos.

Nos vemos al pie del último vagón del último tren,
esperando no salir nunca de él.

Yo no me como el coco por mucho o poco, que otro loco me lo pida.

No me gustaría imaginar que soy más de lo que soy;
aunque bien es verdad que tampoco hago nada
por mi o los demás,
no me gustaría imaginar que tengo más de lo que tengo;
aunque también es verdad que tampoco hago presupuesto,
por llegar al final de cien años de soledad.

Tan sólo sé que hay un loco dentro de mí,
que a ciencia cierta no sabe qué decir.
Tan sólo sé que hay un loco tan fuera de mí,
que a ciencia cierta se ríe, sí.

Que te vaya bonito corazón lindo,
a ti que metes el hombro a los abrazos que se atreven contigo,
escapando por la ventana... abierta al infinito.

El país de ni contigo, ni sin ti... se me queda chico,
como a un niño... que ríe por no llorar...
como un pajarillo,
que del nido echo a volar...

Como un chiquillo con las manos en los bolsillos...
que se tropezó por el camino con un resquicio... de su destino...
y le dio una patada sin mirar atrás,
y nunca más se prometió así mismo... por lo que pueda pasar...

Me mata la sinceridad de las palabras
cargadas de **roneante** *emotividad,*
como un niño que va perdiendo sus ganas de llorar.

Se trasnochaba en el cuento de nunca jamás...
como si el diablo fuera a pasar,
y la verdad está aún por llegar... como un puto punto final.
Soy un hombre de palabra que se queda sin aliento
...por decir lo que siento...
que vivo y muero a cada momento de un tiempo del que discrepo,
insultando al cielo,
como un niño que me hace viejo...

Un llanto al fin y al cabo a fuerza de voluntad,
de lágrimas dulces como la sal del mar...
que me hacen naufragar entre el bien
y el mal mientras mi cuerpecito se da de bruces con la verdad,
que guardaba con la ansiedad de la triste realidad.

Como un lobo de mar que siempre va a más dando el do de pecho
en lo bueno y en lo fatal, no te preocupes por mi yo nací así...
sin patria ni bandera, bajo una luna llena brutal...

La ansiedad de la sed que siento...no la calma la bondad
de los besos de tu boca loca
...yo siempre quise más...para variar...

Me cuesta tanto romper el hielo, diciendo...te quiero...
dando el do de pecho, que en mi silencio muero;
y me acuesto echándote de menos...como un niño sin recuerdos
que pone sueños de por medio pero que antepone el tiempo
...a sus miedos...

Yo siempre pincho hueso bajo la piel fina de tu corazón
y sin amor propio
...intento conciliar... las mil y una noches,
aunque se parta el colchón.

Si mi infierno particular está aún por llegar
como un Barrabás a la barra del bar
Apretad... apretad...
que mis demonios van a pasar
a tomarse a cara perro la libertad
de brindar con el genio de la botella...
con cuatro copas de más.

He aprendido a leer entre líneas a un corazón...
que no tiene ni dios ni dueño...
y ahora no hago otra cosa que perder el sueño,
como si no hubiera un mañana
donde derramar la tinta soñada por mí...

Tus labios color mariposa
...se posan... contra viento y prosa, sobre mi temblorosa boca,
que no deja de pedirme sultana mora,
...vanidad lujuriosa...
como el que no hace otra cosa que verlo todo y a todas horas
...de color rosa...

...El cielo llora sobre llorado...
lo que en años no había descargado;
y me lo explicas o me lo cuentas
que este otoño no tiene más vuelta de hoja
que la que se arrastra con el aire
...sobre las aceras...

Y parece que voy a explotar de aquella manera
escribiendo lo que a mí mismo me digo
de insípida, e incolora cólera.
...Mujer fatal...
que te quitas la ropa como quién se quita años
que tiende trampas como quién entiende de venenos
que apuestas a caballo ganador
como quien apostata de su suerte que recomiendas virtud
como quién se encomienda a Belcebú que besas por besar
como a quien la embelesa un tal don Juan.

No te metas de lleno en mi vida
procura vivir la tuya propia
no te propongas ser reina por un día
procura serlo toda tu vida...

Soy un ángel caído de tus labios...
desamparado y bombardeado por el descalabro... de un dios que se creyó
con buena puntería para los asuntos en que la pasión
y al amor de lado dejó.

Una rosa que no pretendía herir sensibilidades
creció sin espinas, ni color u olor para colmo de mis males,
y ahora está que se sale.

Tu frescura tóxica de par en par, y de bar en bar...me va a matar
lo quiera o no mi amoral manera de actuar,
que tanto gusta a tus deslenguadas risas
por las que el más común de los mortales nos salimos de madre
a la hora de cerrar
Porque en cualquier momento salta la liebre y ser libre
he estado recibiendo balas de cañón
de todos los calibres habidos
y por haber y aunque siempre hube de hacerme valer
retrocedí más de una vez.

Entre lo que saben los ratones coloraos,
y lo que mueve rabo el perro,
un gato se ha echado un rato
Y el poeta ha profetizado el que será desterrado
...obligado... a pagar por adelantado, el parquin del subterráneo.

Loca flor de un rincón
con un triste gorrión por amor;
y que cada alba viene por su rocío de limpia y clara cascada.
Los sentimientos serpenteguean,
por mi pecho hasta la garganta, y mi silencio oscuro se desliza
...por mi frente y cara... apagando mi fuerza de voluntad,
a fuerza de falta de verdad.

La luna en su justo punto de mira, de todos sus amantes,
se pinta los labios despacio, mientras mira para otro lado.

A ratos saco tiempo para todo;
hasta para poco a poco volverme loco,
y rompo con el espejo y me hago viejo...
si se me desmiente entre la gente.
Con la guasa necesaria para reírme de mi mismo, ni saco pecho,
ni meto barriga y le echo sal al patatal que es la vida.

Siempre que ella quisiera...
volvería a tropezar con la misma piedra,
que me trae de cabeza, el rabo entre las piernas...
y el corazón de vuelta y vuelta.

Antes, cuando éramos más jóvenes
pero menos consecuentes,
veíamos pornografía con otra alegría;
y nuestro cucú... pasaba con nota la gran vía,
pero hoy por hoy suspendemos en anatomía...
porque queremos.
Antes cuando éramos más jóvenes
pero menos consecuentes,
nos drogábamos a la intemperie,
pero hoy por,
solo matamos y rematamos en caliente.
Antes cuando éramos más jóvenes
pero menos consecuentes
tolerábamos la indiferencia
Con una soberbia digna de querer estar en mi misa y repicando,
pero hoy por hoy solo escuchamos campanadas en el desierto.
Antes cuando éramos más jóvenes, pero menos consecuentes
nos peinábamos a contracorriente
pero hoy por hoy
sólo echamos canas al aire con la bella durmiente.

He pensado... desde que estoy en prisión en enviarte una flor,
pero aquí solo crecen los capullos... mi amor.

Como un verso libre en el séptimo infierno,
oteo y oteo hasta dar con Homero,
dando clases de poesía para ciegos,
y en el cuaderno que aún no ha visto la luz,
voy apuntando lo que me llevo.

No, no me he quitado de nada, y las sigo liando pardas,
por lo que valga, mientras que tú, en tu casaguardas como oro en paño,
un puñado de vanas esperanzas.

Haciendo burlas a mi propio reflejo, en un estado en el que sería mejor
...estarse quieto... doy con mis huesos embistiendo al espejo.

Corroídos los oídos, mi oreja ya solo sirve de nido, para las golondrinas
del veranillo de los membrillos amarillos.

El profeta se dio de bruces con el poeta,
el primero se quedó sin respuestas,
pero el segundo abrió la puerta secreta.

Caderas movedizas a pie de pista de baile forzando la situación,
en que se pica el picaflor, hasta la extenuación.
Las personas quisieran ser cualquiera...
...y cualquiera quisiera ser persona.
Se pinta la boquita; y presumida
nos roba la vida,
...sin prisas...
pero con una sonrisa.

Un apretón sin amor
como un resbalón en el frenopático lo tiene cualquiera.

Soy un náufrago a pique de verme ahogado,
y que solo se siente a salvo, la noche del sábado; pero el domingo con
una fuerte resaca,
nada me sabe mejor que un baño de agua ardiente, y a regañadientes,
vuelvo el lunes,
a dejarme arrastrar por la sociedad... hacia la soledad semanal.

El amor es una manera de ponerle puertas al sexo.

La luna se rasca el ombligo sin aparente motivo,
...mientras yo escribo...
unas veces con y otras sin atino.

Hasta al por menor...
...perdí en el amor
y sin más rencor me aprendí...
...una más frívola canción.

Sin un presente aún a salvo del fracaso;
y del frío que abarcan mis abrazos...
...en un futuro de plástico;

Cada mañana me levanto de la cama, con la esperanza
de un tal Sancho Panza,
de cuyos vicios no quiero tener que acordarme.

Parecía que me decía la verdad... pero cuando la mentira lleva
minifalda, lo primero y lo segundo qué más da?
o a estas horas nos vamos a dejarlo mejor para el final.

¿Qué van a pensar...?
si de pronto me vuelvo idiota las demás personas
si me pierdo por tu loca boca?

Si te regalo la oreja y te ofrezco mi cabeza de turco
en una bandeja de plata de ley
y lo que es de ley es para saltársela,
con una cerveza ceñida aun botellín de espuma
y apretadas burbujas de bruja,
por las que me dejo... digámoslo así, poner a mil.

Los cuerdos se hacen los locos... y los locos no quieren saber nada.

Si me hago el tonto... me dice que sí, pero si voy de listo, dice que no;
y el postureo acaba de aquella manera en la que sin pies ni cabeza,
bailan maniquís...

El ojo de puente que se llevó la corriente parece hoy dormido;
y el sonido del agua es otra cosa más llevadera,
de lo que piensa la gente en su inconsciente.

Se refleja en su voz el que nunca nadie la pidió perdón,
pero con su corazón a cuestas dobló la puerta
y ni era un farol.

La luna ya se ha retirado lo suficiente;
y yo me he retirado al monte en modo ausente, buscando huellas,
de animales de sangre caliente, que quieran comprenderme.

Me rompo la cabeza por casi nada, y una alambrada circunda...
la libertad soñada por mí...

Al pozo de las lamentaciones, acaban de caerle dos lagrimones,
que ni te endulzan, ni la vida te amargan...

No me agobies primavera; déjame sentir
como el polen le cambia el chip, a los bichos de mi jardín...

...Mi tiempo en agudos me resultó muy obtuso...

No soy ningún lince, y mis pinceles
ya sólo pintan bocetos.

Si el alba me hubiera correspondido, yo no hubiera dicho nada,
de lo dicho; y si me gustara algo distinto...
no me pondría a la altura del trampolín, de diez pisos...
para pedir permiso.

Y como si de un caleidoscopio se tratara,
me pidió que mirara por el trasluz de sus bragas, para ver si era eso lo
que necesitaba...
para alegrarme así la mañana.

Nada nuevo bajo el sol para este desertor del arao que ve como la
soledad la carga, el diablo de tiros largos...
O si soy sanchoficado por obra y gracia...
de algún manco de sopa de letras tomar...
y de cuyo nombre ni dios se va a acordar.

El beso del millón...es una apuesta del estado,
con la que perdemos el sueño todos los ciudadanos,
anhelando que nos devuelvan lo robado.

Me bañé en un mar de dudas, para el que no tengo respuestas,
y la única certeza a ciencia cierta, la tengo entre las cejas, cogida...
con pinzas contra viento y marea.

Hay montañas más difíciles de bajar
...que desiertos sin agua cruzar...

Voy a ponerme en modo orgía, para escribir mis memorias,
y os recuerdo que estáis invitados a compartir, vuestras novias
...pasadas... presentes... y futuras...

Mis proposiciones más o menos honestas, cayeron en saco roto,
pero todo depende del fondo del vaso
...con que se mire... y de donde vamos a echar la penúltima,
en tu choza o en la mía...

Con esa sonrisa estúpida que me mata
Cada vez que me clavas la mirada,
resucito de la cama al día siguiente,
con una fuerte resaca; y unos pensamientos algo extraños de casar...
...en la riqueza y en la avaricia...en la salud y en lo bien buena que estás...
...hasta que el mechero nos separe...

De pronto me vi metido en tu jardín, como un auténtico picaflor en
tiempo real, viviendo lo desvivido sin sabia natural, como para que nada
vuelva a brotar.

Me preguntaba si llegado el momento, en el que con el corazón en la
boca... escribiría y tomaría notas,
sobre la próxima primavera, en la que se pica, que se pica
las abejitas con su uniforme a rayitas...
negras y amarillas, como si fueran presas, de alguna flor de balcón.
y si no lloro se me atragantan las palabras.

La vida es una trastienda
para la que hay que ponerse en pie
...todas las mañanas...

Me he caído y vuelto a caer,
y levantarme me ha salido, difícil y torcido de creer.

Lo que tienes que hacer...
es dejar de decirme lo que tengo que hacer.

Salvan conciencias, pero nadie tira de la cisterna.

La luna está a estas horas dándole vueltas a la misma piedra,
y el eco de su corazón se escuchó en el sol,
con la misma pena que un reloj de arena,
en un desierto de contratiempos.

O si de bruja y corriendo, sales sin lo puesto...
para agarrarte a un clavo ardiendo,
para no tener que darte con mis huesos,
arrastrando por los suelos...

Cuando se juntan las ganas de correr y las de salir corriendo.

El éter del hospital... aún no me lo he quitado de encima,
y lo único que me preocupa, mira que te diga,
es el amarillo a nicotina de mis cortinas...
a las que tendré que lavar con lejía.

El veneno frío y el beso caliente

Soledad en la mañana y en el módulo de reincidentes...

Sobre el derecho y el deber, quién soy yo para saber...
si es ciega tu manera de ser,
y dame un porqué a entender.

Tú haz como el que no escucha nada,
que yo haré como el que no lo ha dicho.

Me he liado a trompicones con la misma piedra.

Hasta que el cuerpo del delito guante

Me llovían las ofertas para apuntarme a un bombardeo
tanto como caído del cielo,
para más inri de mis peripatéticos huesos.

¿Quiénes somos? ¿qué trapicheamos? ¿dónde nos lo llevamos?
Se me ocurrió y por poco no lo entiendo, ni lo cuento...y érase que era
un clavo ardiendo...

Soy superviviente a mi manera,
del naufragio de tus caderas de magdalena,
durante la puesta de largo del mismo diablo.

Después de estar toda la noche flipando, me parto la resaca a cachos,
y me hago un zumo con que me quiten lo bailao,
Si al escuchar tu voz le pongo corazón.

Siempre hay algo por lo que luchar
aunque te tengas que dejar la salud mental,
en el pretérito imperfecto de la primera persona, de la soledad,
sacando un as de la garganta,
que hable en nombre de la libertad.

O si he tenido sexo a primera vista, y en la despedida nadie lloró...

Me he escondido, pero me han visto...
por el retrovisor de los años...
Se me parte el cielo... si a una estrella fugaz,
me da tiempo de pedirle un deseo,
por poco cuerdo que sea el momento;
y en el pincel del genio...
un lince en el lienzo.

Y aunque te parezca una apuesta idiota, yo ya estoy pensando en otras...
con menos soberbia a flor de piel, que me dejen dar pie con jota,
...a ver si me sale una chirigota...

Qué extraña descoyuntura le salió a esta costura.

Si por pensar me castigaron el flanco izquierdo de la cara...
para que espabilara, pero no,
no aprendí nada que me soliviantara.

El corazón desertó de mi pecho; y en el destierro de mi cielo abierto,
...busco, pero no encuentro aquello... que quiero...
en este desierto de gotas, de sangre caliente;
y que no es para mí más...como un letal veneno.

La guerra que me declaras a mí, y que sólo se te ocurre a ti,
no deja de ser un sin fin de idioteces, para cualquiera que lo vea así.

Como una actriz porno...cogida con lupa...
por hacienda...

Tus besos sabor manzana prohibida,
ya no me sacan de la cama, vida mía,
por muy deprisa y corriendo
...que pase el tiempo...
o la marea mareante, a corazón abierto,
nos devuelva a buen puerto.

A mí me sorprendían de ti
...tus preguntas...a ti de mí,
mis respuestas,
luego un silencio ¨cuasi´ eterno, se nos concedió en el momento,
que hizo el que nos perdiéramos la moraleja
del cuento ¨de la luz apagada¨.

El sol salió por pies... pues la luna lo hizo a morder...

Aquí los tontos no existen...
sólo lo hacen los que van de listos...

Cada 19 días y 500 noches...
le regalaba un ramito de violetas...
porque yo nací en el Mediterráneo…

...A un pulso más o menos de suerte...
espero no tener que dejar mi muerte,
de transeúnte corriente y sobre todo inconsciente,
a merced del que no...no sabe por dónde le viene.

Las penas en vena son menos penas.

A la hora de nunca jamás, brindando con unas copas de más
...por una mujer fatal...
sin saber a ciencia cierta si reír o llorar, sobre la amarga barra del bar,
esa que llaman del bien y del mal.

Que a mi comunión con la más fea,
no falten detalles ni ausencias,
que a la realidad la ponen mirando pa Cuenca,
por menos de lo que vale una falsa moneda.

El que quiera engañarse a sí mismo
...tiempo ha tenido...

Lo mismo que en el mundo de los ciegos el tuerto es el rey,
en la isla de la soledad...viernes...es solo un día más para olvidar.

Entre mis rarezas está siempre la de perder la cabeza;con la pereza
que me da tropezarme...
...con otra jodida cerveza, princesa! de la cebada.

Es mejor joderse en el intento, que dejar pasar el momento...

Se perdió el ayer y me encontré con el mañana,preguntando por ella,
y quién se lo iba a suponer? si yo soy persona de no creer,
¿pero qué hago yo? si se me vuelve a aparecer...
por favor dejadme mi soledad en paz.

El día después de ti fueuna mala idea,
que se ocurrió,
sólo a alguien como tú.

Si sigo en el mundo contracorriente y todo pronóstico,
ya sé que la muerte quiere verme, besarme la frente,
y cuando el ambiente se estremece, el dolor es sólo una canción,
que nadie a escribir se atreve...

Con la edad que da el no creérselo tanto, vamos que nos vamos.

Pisando fuerte, llegué...
donde para dentro se cierran puertas, donde el diablo se apiada de
dioses, y los relojes se pintan en la arena,
para princesas que llegan después de las doce, aunque sus hermanastras
no lo tengan,
nunca en cuenta, ni las importe.

Como rayo de luna al que la aúlla,
mi áspera garganta desierta.

Estoy hecho un cabrón y me lo consiento.

Jode a cántaros,
y joder hay que joderse a mantas.

Hay cordura y su puntillo de locura ay... ay...
el corazón y sus goteras ay... ay...
la locura de esta noche a oscuras ay... ay...
si me vieras querida tortura.

Tú no me quieres para ti...
yo tampoco te quiero para mí...

La locura vino para quedarse, abriendo ventanas de par en par; que el
desasosiego había cerrado... a cal y canto de la libertad.

El amor puede ser todo lo bonito de punta en blanco que tú quieras,
pero vete tú por ahí a decirle a cualquiera... que sí!!

No voy por horas...voy a por todas

Ya no sueño con tener contigo arte,
ni tan si quiera quiero tirar para adelante, porque ya no me vendo ni por
nada, ni por nadie...

Estoy cavando a pulso, sin dar puntada sin hilo
...mi propia rima...
y no por ello le quito la ruina de encima, mi torcida sonrisa.

Eres una sobredosis de marea alta, que a las bravas rompe rocas,
como quien rompe su palabra.

En un lugar de mi infancia de cuya niñez
...aun...
no quiero tener que acordarme, no ha lloraba un zagal,
que jugaba por jugar a lo inimaginable...

Hay una pobre diabla falta de emociones,
que me sigue el juego entre bambalinas y flacos favores;
que quiere que sea yo, amo y dueño de sus sueños de gata enamorada,
que vive de espaldas a la luna.
He emigrado a la luna,
no se si para hacerme querer, o para que no se me pueda ver,
pero si me entre lees...
a lo mejor, lo mejor que puedes haceres precisamente... es ignorar

Has paseado con toda entereza por la acera la fiera de tus caderas...
para ponerme a prueba y a la vista de todos
el que yo te seguiría con los ojos
entre el trajinar de la gente y semáforos rojos,
que se hacen eternos cuando menos te lo esperas.

...Lo que tu digas va a Cuenca...

Cuando más predispuesto estaba a preguntarme
¿Qué he hecho yo para merecer esto?
siempre había alguien que ganaba más... dándome por muerto.

Estas ganas que tenéis de verme muerto;
y que me van a matar... no pueden ser de verdad...
esta verdad que me está diciendo...no me mientas más…
no ves que no sé por dónde voy a estallar.

Me gustaría poder contarte
el que ando en un mundo y a parte
...haciendo el indio...
por mi cuenta y desasosiego.

Brindo por las brujas que con carácter y estilo,
pero que sin sacar las cosas de quicio, y cuando éste que se considera
...el mejor amigo del sexo...
se coge un lobazo de perro andaluz, pero atado con longaniza.

Debo parecer un anacoreta en un hormiguero,
de pollos sin cabeza.

Para no llamarnos a engaños y poder tener la fiesta en paz,
he de reconocer que se me va la pinza, un poco más que al que menos,
como no puede ser de otra manera; y aunque yo no lo quiera,
...la verdad sea dicha...aunque duela.

El amor indómito y salvaje, saco a la calle el subconsciente de un
montón de gentes, que hasta ahora bailaban rock and roll,
en los garajes subterráneos
...donde los coches duermen...
y huele a aceite y fuel de alto octanaje.

Me gané a nado el tiempo que las olas sobre la arena habían borrado.

Lo mejor de cada casa
a altas horas del síndrome de abstinencia en el hotel trullo
colman el vaso de la paciencia cortándose las venas
de un solo tajo.

Mi poesía contraproducente en lo procedente te
enseña los dientes y muerde
si la quieres acariciar.

En un rincón de mi desolación
encontré el tesoro de tu corazón
haciendo ascuas de las naves que mi misma voz prendió.

Príncipe muy aplicado en el cuento busca amor fatal sin faltas de amor.

Hubo un tiempo en que los locos
nos tirábamos de la moto
por tal de salir en la foto
y a tan sólo una pedrada de aquí cuánto trajín de comedia
sin vaselina ni mercromina
para curarnos en salud que nos curara los huesos rotos
del amanecer que no es poco.

Caeré igual de gordo.

Así en la tierra como en el infierno y ten tira de ésta.

En mi mente se escuchan hasta los malos pensamientos
las preguntas sin responder la casa sin barrer
y la abuela con la cocina por recoger.

No sé si es que este sombrajo no aguanta
...el peso de los astros...
o el que estoy harto de darte asco y por ello te doy de lado
cuando miras por encima de lo que arrastro...

Debo de ser un poeta de los que ya no quedan
pero que todavía se pilla la lengua
con su propia bragueta.

Entre birras y divas...
la vida se va poniendo exquisita
hasta el punto... en que si la miras,
se lo hace todo encima.

Porque me estas cayendo rubia de botellín te estoy cogiendo un asquito
muy rico.

Por todo lo ancho y largo de las líneas de la palma de mi mano
el futuro me tenía guardado para todos los días
100 años de soledad.
Me he caído de la cama buscando quien me amara
y he vendido mi alma a una almohada que no escuchaba y a la que
quería decir, no, no puedo dormir
sin pensar en mi amada.

Vayamos a meterle mano a la noche cuando los coches
arden y las estrellas se apagan por su propia voluntad.

Mi corazón es una patata caliente que se sirve fría
y se come con los ojos.

El día en que me convertí en una persona
...poco escuchada...
pero con mucho que decir, yo ya no estaba ahí.

En la inteligencia emocional no todo vale por lo que vale
aunque mi corazón latiente
...animal irracional...
que se sube por las paredes
te quiera querer sin dinero ni papeles ni dioses que arden.

Romeo and Marilyn Monroe
Julieta and don Quijote.

Borrón y sangre nueva.

Por favor no me hagas llorar
o como me voy a tomar en serio estas ganas de reír.

Cuánto patriota de turrón de almendra y pandereta
yo es que soy más de zambomba y de piel de cordero.

En este mal logrado beso
tengo a pedir de boca
un espontaneo verso
que no me quita el sueño
porque lo mucho o poco que quiero
no tiene ningún dueño.

El canibalismo de tus besos pincha en verso
y me roe los huesos
si me señalan con el dedo
yo les consuelo el gesto guiñándoles el ojo izquierdo
con carita de póker
...luego paso de mano... y me retiro con lo puesto.

Parecía que nos queríamos
y que llegaría el momento de vernos
...a escondidas... pero nuestras vidas
nunca más se encontrarían y la casualidad ya no sería
...la realidad que soñábamos...

La luna gira alrededor de un corazón de piedra
con la cautela de quien tiene toda la pana por cortar.

He barrido para fuera
y metido la mierda para dentro como un ratoncillo presumido
por tal de aguantar
a sus propias hermanastras.

He cambiado lo injusto e innecesario para que no me deje helado
el que me des de lado.

Mi alma de cántaro y yo
hemos decidido coger monte a través porque se nos torció tanto el
camino que de haber o hubiese destino estaríamos haciendo borrón
...y regando pepinos...

He pecado de palabra, pensamiento
y estado en la obra sirviendo mortero y ladrillos.

La gota que colmó el cubata
acabó estrellada contra el amplificador y ahora todos roncos gritamos
larga vida a Chuck Berry.

Perdí el norte y amanecí llorando
ante tus sueños como un juguete roto
que lleva tiempo deseando el que lo cambien por otro.

Ahora que llega la hora
en que el poeta predica con tinta emborronar las hojas en blanco
y no se calla la verdad.

Entre el bien y el bar hay toda una ciudad
...de por medio... que te invita a soñar
cuando las sombras se desnudan
de su uniforme de perro callejero
y estas son más alargadas que una luz apagada
en una habitación sin vistas
al cielo que moja el suelo
o al infierno que nos quita el sueño.

Ahora que es muy tuyo y mío
tenerle el respeto necesario al miedo que nos damos
ahora que es muy tuyo y mío reírnos de nosotros mismos
a carcajada limpia.

Las venas de tu cuerpo
son las raíces de mirto que riegan los lunares de la luna enamorada.

Santa Rita, Rita, Rita, Cansino
que en "Gilda" te quitaste el guante
y a la cara se lo arrojaste a tu propio destino
aunque fueras abofeteada en piel, carne y huesos por un canalla...
pues la buena actriz sabe más
...por lo que interpreta... que por lo que se desnuda ante las cámaras...

Los locos, los enamorados y la luna
beben del mismo vaso y comen del mismo plato
que se sirve ¿cómo no...? caliente... caliente.

Sólo espero gata inquieta que por lo que a mí respecta
te pasees como una luciérnaga sobre las tejas afiladas de mi tejado
en una noche como ésta.

Porque la paz no se olvide nunca y las guerras pasen pronto,
por que la libertad sea de todos
y todos seamos alas de la paz.

En un solo verbo que me carraspea por la garganta
lo mismo te digo que te odio
como que te digo que te amo.

Canelo tú eres mi corazón corriendo por patatas.

Con un nudo en el corazón
...hago una paradilla técnica...cogida con papel de fumar
para el triste y loco de mí.

Al poeta ni tinta, ni prestarle la oreja.

Mi mamá que tiene el cielo y el techo ganado
nunca me dijo ¨tú no lo puedes decir¨ el sí o si no, sino...

Las cosas en su insana desmedida
son menos penas y más alegrías.

Cuando los enemigos me encuentran
por lo bien que tengo la puerta abierta
yo les digo no sabes tú bien
la de aire que me entra.

Si les hablo a las estrellas
hasta que salga el sol por Antequera
no os asustéis
es que sólo ellas se paran a escucharme
como si no hubiera un mañana
en el que reflejarse.

Esta noche he soñado con mil yeguas silvestres zaínas
que bajaban de la montaña al galope
y en el duermevela del ocaso en mitad de la noche,
galopaban pues en el horizonte hierve Pegaso.

Mi patria es mi culo
y mi bandera mis gayumbos.

Los tiempos en que los listos no podíamos dejar de serlo
pronto cambiarán al de los tontos que no podrán dejar de padecerlo.

Las preguntas sin responder, la casa sin barrer
y la abuela con la cocina por recoger.
Mentiras a precio de saldo
y que me estaban corrompiendo por dentro, pero sin embargo compré
como quien no necesita estar en lo cierto.

Al libre albedrio del desengaño que me dan los años

Qué bien te sienta la mentira.

Aunque mi querer sea atemporal, y mi mal estar general
es en el que es no voy a hacer hincapié.

Cuando la conjugación de los astros dé asco,
tu ve a poner los espartos tres cortijos más para allá.
La esperanza que me queda es poder perder la esperanza

Quiero surfear el volcán de tu minifalda.
Y pinché en hueso...
yo que no soy de piedra... ni la alegría de la huerta...

Larga vida a la rabia.

Dime si no es una locura
el que el hombre quiera llegar a Marte
porque a mí me gustaría apearme
en la parada de la Luna
Mi amor propio y mi desamor impropio

Ni pienso en nada ni me lo creo todo

Haciendo honor a la mentira
diré que sido el mejor que has conocido en tu vida.

El deshielo de tus ojos hizo que todos lloráramos lágrimas de fuego
y nuestras mejillas fueron pasto del atardecer sonrosado.

Estoy hecho un lio entre lo inhumano y lo libidinoso.

Menudo papelón tiene esta noche la luna
para sobrevivir a miles de botellas
y un solo beso.

Esta noche tengo los escrúpulos a flor de hiel.

A mal tiempo tortilla de patatas.

Busco relación tóxica que me termine de matar.

Tú a la horca y yo a la guillotina.

Hay declaraciones de intenciones que desatan toda una guerra...
y hay guerras que desatan
toda una declaración de intenciones.

Cuando se me acabó la paciencia
las apariencias hicieron el resto.

Huesos duros de roer tengo para dar y regalar
lo que no sé es si te los querrás tragar por tragar.

Que todo se saque de contexto
y que suba el precio de la humildad
de la que nadie está dispuesto a pagar
pues siempre habrá cosas mejores
de las que disfrazarse a última hora de cambiar.

Y que me ahorquen por mi verborrea
y no por lo que callo
como perro en la perrera municipal
pretendiendo hacerse perrear.

Los malentendidos de ida y vuelta como los ciegos a su caminar
puede que algún día
me los tenga que hacer mirar.

El orden de los faroles
no me altera la cara de póker.

Si fuera capaz de bordar el trasbordo de la falta de sueño, al vuelo de tu
faldacon la que hago cábalas
de toma pan y moja...

Con el oro... incienso... y mirra
no se juega...se sueña...

Esa costumbre mía tan insana
con la que me doy ese asco tan rico.

Cuando era más viejo
sacaba de mí mismo al exteriorel interior de un niño
que jugaba con su corazón a hacerse mayor.

Y qué importa ya
si la abuela fuma porros en la cama
y no lo quiere dejar.

Se movieron aspas de molino y brazos de gigante
por tal de que se arrancara mi Rocinante.

Me abrumas con tu papel y pluma
cuando apuras hasta última hora con tu locura y no me dejas dormir.
una noche...que se hace eterna un día...con vistas al mar
una estrella...que brilla en el firmamento
...por otra que se apaga en el infierno.
...Yo no quiero que me arañes la espalda
yo sólo quiero que de cadera a cadera
nos tengamos la compasión necesaria.

Qué no habría pagado yo por una noche de jazz, ron y porros
con Marilyn Monroe en un tugurio a media luz...
le hubiera pagado el taxi
y hasta habría intentado besarla en los labios.

Miro al cielo y me subo por las paredes y de las palabras a los techos.

Soy partidario de la filosofía
de que la familia y los tratos viejos...mejor al contenedor verde,
como cuando la tarde que me echaron del hospital mental
lo mejor que pude hacer fue no tirar de la cisterna
y dejar de pensar en mí,
pues desde entonces sólo echo en falta
a los valientes y no a los cobardes.

Loca, este loco
...ya no te vende la moto...por su propia salud mental y por poder batir
el cobre de sus huesos rotos.

Hagamos tabla rasa entre mi culito
y mi encefalograma plano...

En un mundo de plástico
a vuelta y vuelta...
soy carroña de cañón, que no está a salvo
de las garras del enconado diablo que como un niño hace conmigo
lo que le conviene entre las sombras que se me ponen de lado.

Hay mujeres que pretenden fumar
conmigo la pipa de la paz,
cuando yo solo pretendo que me den
toda la guerra que me puedan dar
realidad... o casualidad...

El término medio lo ponen los tratados de Versalles
que por el arco del triunfo nos queramos pasar.

Esta hipocondriaca melancolía,
en la que barre para dentro Cenicienta,
arramblando con todo lo habido...
y por barrer.

Hay mujeres fatal,
que cuando sube el pan entregan su alma a Peter Pan...
con la ventana abierta de par en par al frio de la soledad
que a los cimientos del amor
...hace temblar...
como si no hubiese una mentira
a la que agarrarse.

La noche que salté del expreso melancolía, el Sabina silbaba en su escalera,
del número siete, su lacónica melodía...

Y te fuiste con el enemigo... y un mal amigo me dijo, siempre nos quedará
París, para desvivir lo ya vivido.

Todo lo malo malo se pega
...pero lo nuestro es arramblar...
arramblar haciendo el indio...
haciéndolo por menos de ná...
caminante no hay camino,
si no pelillos a la mar...
(que Antonio Machado me perdone la osadía)

A mi soledad y ansiedad sin patatas ni ná de ná....
les falta la sal de mi peculiar manera de actuar
y de acá para allá tendré que hacérmelo mirar,
que no quiero que me pille el toro de la ambigüedad decimonónica...
que me trata de coger la taleguilla.

*No tengo miedo a morir en soledad, pues siempre estuve rodeado de
gente que me hacía sentir solo.*

*Lo que las mentes retorcidas son capaces de hacer,
cuando se las estruje...*

*Entre la estrechez de los versos que engordan
con la tinta que le sobra al aire,
voy haciéndome una cometa de todos los colores
con los que soñé cuando cerrada estaba la pasada noche.*

*De principio a fin y de la cabeza a los pies
soy un verso libre escrito del revés
para que juegues a lo que quieras con él...*

*Adoro al diablo día a día de cuernos a rabo....
y hasta en entrevelas, de mis propios demonios.*

*El verso recolectado del panal de tus labios
me sabe a agridulce tristeza
que me trae de cabeza...*

*Has dinamitado mi corazón con mecha corta
y la implosión me estalló en las manos
sin compasión de tu falda,
siempre por encima de mis posibilidades,
del triste de mí
en este no san Fermín....*

Como no te puedo querer más, Canelo...
tampoco te puedo odiar más...
es causa-efecto de perro a perro.

Dicen que olvido pronto
pero los pinchazos de tus pupilas
...en mis ojos... vienen de lejos.

El reloj de tu corazón
late a fuego lento el tic-tac de un rock and roll
que escribí en la piel del momento,
hace ya algún tiempo.

Donde echamos la penúltima lagrimilla
antes de la hora de cierre
y el amanecer nos sorprenda
...tan tristes como ayer...

Y volveré a sentirme un don nadie
cuando no haga pie
...como aquella vez...
que se me juntaron las hambres
con las ganas de correr.

De cortinas para dentro de mi vida está mi propia ruina
a la que le falta la luz que la salud y latitud.
En los versos que escribo, estás tú.
Un valor añadido sacado de contexto,
me puso solo ante mi momento

Salada la sal
dulce el rompeolas amarga la mar
y ronco el cantar...

La buena tinta en la facundia me hace más llorar que reír
y con la vista al frente y la boca pequeña...
cerraré la puerta a quien la toca,
pues a nadie ya espero... y de limón al limonero...
el tiempo es un jugo agrio de aquí te espero.

Toda mi imaginación la puse en no pensar nada más
y me costó lo suyo dejarde darle vueltas
al qué dirán, dirán por decir la verdad...
pero yo ya estaba en la arena y cal de otra galaxia sideral...

Soledad, sólo tú eres capaz de quedarte tirada
en mitad de la calle esperando besar el santo
que reparte el bakalao
sin que haya aún amainado el temporal,
y de perdida entre los charcos a mojarte las nalgas en el río
de la pura y dura necesidad.
La misma que te abraza y te seca la cara
cuando has llorado por llorar.
Soledad, viajas dentro de una botella
sellada por el almanaque del escribiente
que no hace otra cosa que aplacarlo
como buenamente puede
pues seducido etéreo rajado
como el doble casco de tan desdichada viajera,
la cual hizo aún más vacía esta isla
al abandonarnos a ti, tesoro,
que enterró a mi corazón que abordó
pues tampoco quiso llevarnos con ella,
tan sólo lo hizo con un neceser
y con la suerte de lastre en su nube
con forma de palmera.

Gatita endiablada de mirada incendiaria
jugando con fuego y sin miedo a quemarte.
Cuando…cuando todo está que arde
tu lengua inflamable enciende la mecha
y hace saltar por los aires
el volcán de fuego en carne viva de mi sangre
que tan sólo pretendo, fierecilla salvaje,
domar la tigresa que te hierve por el talle
mientras tú eres muy dueña y señora
de hacer y deshacer la contienda por donde te convenga
y que la gente piense lo que quiera.

Gatita… gatita endiablada de mirada incendiaria,
jugando con fuego y sin miedo a quemarte.
Cuando el incendio provocado esta madrugada
en el parque natural de tus sentimientos
se acerca peligrosamente a tu cama.

Te he buscado como un trotamundos a su caminar.
Te he buscado como un gato pardo por todo lo ancho y largo de la calle.
Y aunque tan sólo me afecta el cambio de estación,
ahí también he mirado, pero no te he encontrado.
Tan sólo lo he hecho cuando el tintero
late a cuentagotas.

Y los silencios que guardas para ti
valen más que mil silencios pronunciados.
No, no tienen por qué decir nada
Porque a veces es mejor pasar página.
Porque a veces no sé lo que me pasa.
Y yo que ni decir tiene el que ando preocupado,
porque esta mala cabeza no sabe ya lo que quiere
ni lo que ya la conviene.

El que a veces esta mala tristeza con su agudeza
me pone entre la espada y la pared con tal flaqueza
que se me quitan las ganas hasta de comer.

Cualquier parecido con la realidad me parece motivo
Por qué será… de un siete para un descosío
con tintes de algo prohibitivo.
Pues sin curarme en salud de la que envenena
mi santa inconsciencia con otra rubia cerveza
o mi cabecita me diga que tanta marcha no es normal.
Pero mi cuerpecito me pida una más.
Arde troya por los cuatro costados,
por más vueltas que dé con esta borrachera residual
cuya resaca me da arcadas
y de la que quisiera no recordar… nada…

Ilusión pasajera sin maletas y transbordo en cada estación.
Vienes, vas... sin más...
Ilusión pasajera con tíket de ida y nunca de vuelta
hacia ningún lugar que recordar.
Pues de la estación del tren
donde el corazón tiene sus idas y venidas
a veces tan inesperadas que se suben y bajan en marcha,
a veces tan desesperadas que sobran hasta las palabras.
Pues del vagón al andén y del andén a otro tren,
sin mirar atrás, ni reprocharte a ti misma
los recuerdos que te transportan
donde sellar el pasaporte valía
toda una parafernalia de sangre fría,
paso firme, y adrenalina aún más caliente.
Ilusión pasajera, me seduces cómo y cuando quieres.
Olvido y nada más, silencios y nada más.
Distancias que hacen imposible el llegar y nada menos.

Déjame que baje el tranquillo,
ponerme en la condición de lazarillo
de tu corazón... ciego de amor,
que no me importaría el que se me helara la sangre
y quemara la vista...
de no quitarte el ojito de encima
cuando a la calle sales presumida
dando rienda suelta al país de mis fantasías
en el que uno más uno, no dan para ninguno.
Y aunque me tengas de perfil o de frente
no dejes que me esconda solo
entre la gente que me hace sentir indiferente.

Quise saludar a la locura al tropezarme con ésta,
de cualquiera de las maneras y ella misma me dijo que no.
El que hiciera el favor de abrazarla
y quedarme a contemplar las estrellas
princesas que florecen si no les doy la razón,
las que me dicen con acento socarrón
lo solas que están y lo que lo estoy yo,
aunque si llueve sobre mojado
sufro de gotera en la azotea del corazón.
Pero vayamos por partes
antes de sacarle los colores a nadie
la humedad pinta muy mal,
habrá que dar otra mano de cal
al loco que no estás en tus trece,
que usas cascabeles y nunca dices como te sientes
aunque revientes
pues con lo que hablas y se te entiende
no sabe uno ya qué carajo quieres
si dices que sí o que no
con tanta manía que tienes.
Anda, baja de las alturas
y búscate una musa pero de este planeta.

Héme caído de la cama buscando quien me amara
y he vendido mi alma a una almohada que no escuchaba
y a la que quería decir no,
no puedo dormir sin pensar en mi amada.

Vivo de vender mi alma al diablo
y a tres cuartitos la pera en dulce.

Una hipótesis vale más que mil prejuicios preconcebidos.

Me besaría contigo si no fuera un futuro imperfecto lo que digo.

Desangelado y cruel como el invierno aquél
en que te despediste de mí
diciéndome no sé si quiero volverte a ver,
y ya no volví a creer ni padecer,
como quien pierde los papeles dos veces
tropezando con el destino
gritando no me lo puedo creer.

A veces tengo la pesadilla
de que los perros rabiosos juegan
con mi superchiriperropitopaúsicaespialidosa calavera
y despierto en una cuneta
sin dios ni amo.

Me río de mí mismo por no descojoñarme.

Algunos le llaman inteligencia emocional
a creerse sus propias mentiras
…pues nada, duro con ellas…

Ya no le vendo mi moto al diablo
y ahora voy como loco
jugándome mis superchiriperropitopaúsicaespialidosos huesos
por tal de no llegar el último

La luna se pincha como un globo
y sale disparada sin rumbo fijo.
Y al final del oscuro túnel
otro lunes
con el rímel corrido por las lágrimas de tu miel.

Los demonios me han llevado a bailar de medio lado
con la soledad de bolsillo de tantos tinglados que he montado.

No sé en qué me ando metido,
pero suenan a quebranto
las tablas del tablao.

El primer beso de la adolescencia
sabe a otra copa
después de un control de alcoholemia
de vuelta a casa.

Para algo hago caso de mis enemigos
Aunque solo sea para llevarme mal conmigo mismo
Que es lo menos que puedo hacer por ellos.

A mis enemigos los aprecio tanto o más
como ellos a mí.

A veces me acuesto sin ni un cargo de conciencia
y aun así no puedo dormir,
y me levanto, voy al botiquín y me tomo un lexatín.

Lo he perdido todo, menos el morbo
que me dan tus pelillos a la mar.

Aunque yo no lo quiera
por muy lejos que me hubiera escondido
tus besos si así lo quisieran me encontrarían
como un niño que llora para otro lado.

No voy a poder perdonarme jamás
el ser fuerte y el que cuando tú me mires
me rompa como el cristal.

Quisiera ser uno de los desamores de Marilyn Monroe
y si me enamoro de la naturalidad
no dejéis que le ponga puertas al bar.

Me queda muy mal la mala vida que me das
y por favor dame algo a cambio de lo que te doy.

Poeta acostumbrado a no decir nada
que en otra vida no nos pertenezca.

Me alegro de todo lo bueno que pasa en tu vida
pero de lo malo me alegro aún más.

Tengo una mala vida que mal contar
y un sueño que lograr.

Una vez fui de carne y hueso.
Y ahora soy de puro hierro
fundido por tus recuerdos.

Si no me quieres, me levanto en la noche
y fumo a pleno pulmón
sembrando la melancolía
en una copa medio vacía
como si no hubiera un mañana.

Vengo curado de espanto de casa.
Por eso ni me ofende ni me sorprende
entre pecho y espalda
que quieran darme liebre por gato
y que me quede como el perro del hortelano.

El amor ni está ni se le perrea.

Me comprometeré a regañadientes
con la desilusión de quien bien me quiere
y juega sus cartas marcadas con pintalabios.

Las golondrinas anidaron entre las cortinas.

Me voy a quitar el sombrero
y te voy a soltar dos besos
a la vez que te digo
no puedo quererte más
de lo que te quiero.

Volverse loco tiene su puntillo de banalidad
de la que a veces no hay que tratar de escapar
por todos los medios habidos y sin haber.

Sólo sé que ya sé bastante
como para entender algo.

De joven me gustaba ir de listo,
de más maduro me gusta hacer el tonto,
y si llego a viejo no sé si lo sabré
todo o nada.

El cielo se me fundido como una bombilla,
luego llegaron las prisas por salir al infierno
al que quería pintar de rosa,
y el mundo se tornó azul
con un gran punto amarillo.

Tus miradas como navajas
se clavan en mi corazón de medio pelo,
y la verdad, no esperaba menos
de los revólveres de tus tacones´
del que se te escapan dos tiros
y las balas impactan con todo su aplomo
en mi vida privada.

Sólo sé que me voy por las ramas como una mona
cuyo hábito no hace al monje.

Se me busca vivo o muerto
pero yo prefiero que lo hagan
preferiblemente cerrando el bar
con dos copas de más.

Te debo una sonrisa que te cargue las pilas
y un abrazo que no te quepa en la camisa.

Esa España que nunca fue mía por humildad.
Esa España de sangre y oro que me desangró,
esa España que queriéndolo me maltrató,
esa España que, aunque yo no lo quiera
llevo en el corazón.

Lo que no te puedes permitir
por mucho que quieras presumir,
es que alguien pase por tonto
solo por ti
pero haberlos, hay los.

Tu corazón es más bonito que tus pechos
y tu mirada lo es más que tu trasero.

Kilómetros y kilómetros recorridos
de renglones torcidos.
Kilómetros y kilómetros recorridos
tratando de pasar desapercibido
kilogramos y kilogramos pesados
con corazones desengañados.
Kilogramos y kilogramos pesados
en la balanza de besos en los labios.
Kilovatios y kilovatios eléctricos
al filo del calambre de las hambres,
kilowatios y kilowatios eléctricos
con los plomos fundidos.

Te debo un beso en la cara oculta
del lunar de tu boca y un abrazo en el volcán
incandescente de tu corazón.

Si me preguntas si tengo sueño
yo digo que sí, aunque no... no pueda dormir
y te busque entre las sábanas.

Como una desbandada de asustadizos gorrioncillos
le vamos ganando cielo al miedo
y es obvio que hasta nuestros mismos prejuicios
hacen su nido cada noche en corazones distintos.

En mi noche de bodas se sirvió fría… ¿Cómo no?
la sopa boba, mientras el amor jugaba a perjurar
el que sería mi propia ruina.
Y como yo no tengo quien me diga
o que calle para siempre
digo lo que digo… digan lo que digan
y que el maestro Sabina reparta suerte.

Y estaba el señor camaleón borracho de colores.
La mariposa se sentía primorosa bailando entre flores.
Y el caracol era dichoso mirando de reojo a los soles.

Y qué más da si lo consulto con la almohada,
y sin poder dormir la empapo de lágrimas.
Pues como ayer hoy y mañana
seguiré estando enamorado
de un corazón de contrabando
que se perfila en las laderas de Sierra Nevada
con una túnica verde y blanca.

Divorciados pero revueltos.

Yo siempre bebo cuando estoy de servicio
que luego nunca se sabe lo que puede pasar.

Vendo a plazos mi alma al diablo
y compro mi infierno particular a tocateja.

Tengo caderas más interesantes en las que naufragar.

Le advertimos que la dureza de los versos de esta poesía
puede herir ostensiblemente su sensibilidad.
LA POESÍA MATA.

Esta noche soñaré con el niño que fui
Y creció odiando a los adultos.

Somos una pareja de dos personas anormales
que ni se quieren, ni se desean por momentos
y motivos obvios y que a ratos
nos tiramos los platos a la cabeza.

La distancia más corta entre dos puntos
Es la cabra que tira pal monte.

DEDICATORIAS

Por supuesto, quiero agradecer a ciertas personas su desinterés por el antropoeta, éste que escribe....

Mi primer agradecimiento como no puede ser de otra manera es para mi Papá don Rodrigo y Mamá Carmen. Ellos fueron mis primeros mentores cuando sólo era un crío, y ya trataba de dejarme llevar por el mundo del teatro, dibujos y poesía. Por ende, agradezco a mis hermanos y sobrinos por tantos ratos de juegos en mi niñez y ejemplo que me hicieron ver que podía intentar hacerme ver. Y cómo no.

También quiero agradecer a el equipo médico de Ácula y del Zaidín que en estos dos años tan difíciles han dado el callo y soportado lo insufrible. Ell@s son don Alejandro Abad, Doña Paz Ivón Virseda Olivas, don Claudio Castillo, doña Sara Fernández Estela, don Manuel Anguita Romero y doña Encarni Benavente. Sois un@s valientes y un@s auténticos profesionales en lo vuestro... está visto y comprobado...

Además, quisiera agradecerles este libreto a Lola Martín, a Carolina Murcia, a Malu Tavío, a Eva Jimeno, a Ataúlfo Carmona, a Francisco García Carmona, a Alfonso Rivero, a Mariano Pertíñez, a Antonio Morales Codina, a Juan y Antonio Sierra, y a José Luis Blanco. Y otras muchas personas y personajes que no puedo evitar dejarme en el tintero, pero de los que no quisiera olvidarme... mientras me quede tinta en el tintero...

Tampoco puedo olvidar y aunque sea ya en la memoria, es más que justo el acordarme póstumamente de Antonio Molina Ortiz, Carmen Sola (Oma), María José Sánchez Martín, Luis Ortiz, Carmen García Delgado y Lorena Rivas.

Printed in Great Britain
by Amazon